KB073249

훈暈

훈 暈

펴낸날 2021년 7월 12일

지은이 백우선
펴낸이 주계수 | **편집책임** 이슬기 | **꾸민이** 이화선

펴낸곳 밥북 | **출판등록** 제 2014-000085 호
주소 서울시 마포구 양화로 59 화승리버스텔 303호
전화 02-6925-0370 | **팩스** 02-6925-0380
홈페이지 www.bobbook.co.kr | **이메일** bobbook@hanmail.net

© 백우선, 2021.
ISBN 979-11-5858-801-4 (03810)

훈 暈

백우선 시집

제 이름 영문은 WOOSUN,

그 뜻은 애일愛日,

그 모습은 햇무리[일훈日暈]—.

그래서 저의

해를 향한

훈들을 모았습니다.

2021년 여름

백우선

차례

제1부

제2부

제3부

제4부

제1부

서산 마애불

석공이 웃고 웃어
바위가 따라 웃자
둘은 서로 웃음을 다듬었다.
해, 달, 별, 바람, 눈비,
새, 곰, 꽃도 같이
모두의 웃음,
웃음 중의 웃음을 웃으려고
다듬고 다듬었다.
누구든 무엇이든
언제 어디서든 어떻든
꽃의 꽃으로 웃자며
지금도 웃음을 다듬는다.

우리 이웃

— 창령사 오백나한

1

웃는 분 보며
우리도 웃는다
그냥 웃는다
그래도 웃는다

2

그래요 그래요
그분들도 우리와 함께
한숨을 쉰다
눈가를 적신다
미간을 찌푸린다
어금니를 악문다

훈률

범종

종은 운다.
울 길밖에 없는
금 간 가슴팍
말라붙은 울음을
엉엉 울어준다.
그 울음 덩어리
벌건 아침 해의
속눈썹 빛살로
짓무른 눈가도
토닥여 준다.

사진

두 손으로 감싸 받치며 찍는다.

모여 함께 웃는 가족을

어울려 노는 아이들을

사람들이 오가는 마을을

묵묵히 일하는 사람들을

콘크리트 틈 민들레꽃을

두 손으로 감싸 받치며 찍는다.

이쑤시개 사람입상

자코메티는 '걷는 사람'이
성냥개비 크기였으면 했다던가!

이쑤시개를 흠투성이로 만들어
따낸 호박 꼭지에 꽂는다.

'서 있는 사람'—,

호박 덩어리와 나란히
식탁 위에 올려놓아 본다.

굴비

― 屈非, 屈卑

나나 남이나
굽어지게 하진 않으리
굽히고 낮아는 지리
생명을 잇는 길,
그물에 들고
새끼줄을 두르고
해풍에 절며
불에 접시에 몸을 맡기리
살아서도 죽어서도 빚는
하얀 사리
없는 머리가
어찌 있으리

훈訓

낙지

머리에 든 먹물은
삶아도 쉽게 굳지 않는다.
붓 삼아 찍어 쓸
손발가락이 토막토막 잘려
입속으로 사라져도
먹물은 붓을 기다린다.
일 초라도 더 버틴다.
먹이 아니라
먹이가 되고 말더라도
글이 되고 싶은 것은 이런
매운 구석이 있다.

민달팽이

바닥이 되면서 나아간다.
흙, 바위, 풀잎… 무엇이든
깊이 만나며 간다.
털도 뼈도 독도 없다.
몸도 목숨도 무방비다.
어떻게 얼마나 살까는
다 지나온 길—
이 천지, 저 새와 짐승들이
다 웃이고 자기라며
눈먼 더듬이춤 추면서
일보일배를 넘어
전신투지로 살아간다.

훈暈

우렁쉥이

온통 뿔, 분화구투성이인

들끓는 피의 염통——

통째로 떼 내어

바다에, 횟집 수족관에

넣어도 본다

너무 삶아져

물크러지기도 하는 삶이여

물결

1937~2021,
그의 생몰년 사이의 물결(~)은
그의 일생만은 아니리
그의 맘에
파고들고 받아들인
모든 생애들이랑
푸르른 바다로 출렁이리

훈률

불똥

돌고 도는 고리를 벗어나려

강으로 흐르고 하늘에 오르려

갠지스 강변 향나무 불길에

강물로 정화한 몸을 맡긴다.

곁을 어슬렁거리던 소 한 쌍

불끈 짝짓기를 시도한다.

불똥이 소한테로 튄 듯했다.

로르

    마네의 모델명인 '올랭피아'가 1865년 살롱전에 전시되자 파리 화단은 발칵 뒤집혔다. 신화나 전설 속 여인이 아니라 창녀의 누드여서였다. 2019년에는 흑인 여인명 '로르'로 오르세미술관 '흑인 모델'전에 내걸려 들러리였던 로르가 꽃다발을 받은 주인공이 되었다. 그리고 '검은 고양이'로 '반려묘'전에 걸린다면, 사람이 꽃다발을 주인공 고양이에게 주려는 그림이 되고, 어느 '물품'전에라면, 그 제목은 '침대', '목걸이', '팔찌', '슬리퍼', '옷', '꽃다발' 등이 되어 모두 주인공이 돼볼 것이다.

훈훈

제2부

마부의 꽃

몽골 테를지에서 말을 탄 젊은 마부는
갑자기 몸을 땅으로 깊이 굽혀
노랑꽃을 꺾어 여인에게 웃으며 건넸다.
한 여인과 내가 탄 말 둘의 고삐를 잡고
앞서 가다가였다.
잠시 뒤에는 또 그렇게 하얀 꽃을 꺾어
나한테도 주었다. 나는 그 꽃을
나란히 가는 그 여인의 말에게 먹이며
네가 태운 분을 잘 모셔다오라고 일렀다.
그 말은 고개를 세 번이나 끄덕거렸다.

흐미

－ khoomei, 몽골 전통 음악 창법

몽골 대초원에서는
웃는 풀로 날거나 걷는
전생, 후생들과 속삭이며
그들의 목소리로 노래하는가!
마두금도 한 줄이 아니듯
노랫소리로나마
어딘가의 그,
하늘의 그와도 함께하는가!

훈율

하나가 되어

몽골 서고비 쳉헤르 초원의
한 고개 위에서였다.
일행은 둘러앉거나 서서
반한 풍광으로 녹아들었다.
칭기즈칸 보드카를
민들레 꽃잎 두셋씩을 안주 삼아
병뚜껑으로 나눠 마시며
낙원의 꿈들로 부풀었다.
잠시나마 그곳의 또 다른
말이나 소가 되어 있었다.

무릎 위 웃는 얼굴

둔황 비단길 답사 가서
발 마사지를 받았다.

옴츠렸던 발이
서서히 웃었다.

말이 안 통해서
양쪽 무릎 위 맨살에다

웃는 얼굴을 볼펜으로 그려
보여 주었다.

그녀도 얼핏
웃었다.

훈薰

꽃불

어려서 지피던 가마솥 아궁이는 그 꽃불을 지금도 이렇게 펼쳐 보이는가!

봄 산에 흐드러진 진달래꽃

덩실 더덩실 그루그루 살구꽃

활활 타는 노을

휘두른 가을 산의 무지개 비단

모과나무 모과

얼룩덜룩

온몸 흉터투성이―,

상처로 알알이

빚고 켜서 매단

혼불 향등

훈_律

파리

생선에 쉬를 슬어
번성을 꾀하는 파리가
소변기에 눌어붙어
쉬– 쉬– 쉬–
사내들의 쉬를 누인다.
온몸으로 쉬를 받으며
오줌발 강화 응원도 하고
목숨 거름으로
뿌려지는 꿈을 대신
꾸어도 준다.

서릿발

한겨울 흙은 기어이
얼어붙은 몸을
일으켜 세운다.

햇빛 번쩍이며
창검을 휘두른다.

동장군의 머리칼은
어느새 베어져
파릇파릇 흩날린다.

훈蕾

매

－ 어느 농장 이야기

구름한테 청하여 사과밭에 깔린 눈
한 하늘은 그 위에 내려앉아
몰래 꼼짝 않고 금식기도에 들었다.

사흘 지나 만난 농부랑 사흘을 더 지낸
입춘 아침 하늘 뜻을 알렸다.

하늘붙이 땅붙이들에게 고루 나뉘는
하늘과 땅의 열매가
주렁주렁 열리기를 빌었단다.

새봄 축하 인사에 이어
농부와 사과밭 위를 한 바퀴씩 낮게 돌고는
다시 하늘로 높이 날아올랐다.

우공

숨은 코보다 코뚜레로

더 많이 쉬리

숨결 돋울 코걸이로

닦고 닦아가는 일생이리

훈률

신발

신발은 신의 발
신는 이의 발은 누구나
신의 발
머리로만이 아닌
가슴으로만이 아닌
몸소 찾아가는 발이므로
신발은
응당 신의 발

법

크고 작은 방 두 칸이거나

밥과 국이 차려진 끼니거나

술이 따라진 잔 둘이거나

그 어느 것 하나씩이거나

어떻게든 지켜 주겠다는 듯

훈薰

제3부

훈暈

알든 모르든 받아주든 물리든 천 리 밖이든⋯

해에겐 듯 달에겐 듯

내 혼은 그의

훈暈 *

---

* 훈暈: 햇무리·달무리[일훈·월훈]의 무리, 곧 어떤 것에 둘린 빛의 테.

훈訓 2

그의 화살로 내가

몰래 쏘고 쏜 과녁인 나는

고슴도치

전신 심장의 화살투성이

그 끝끝의 깃털로

그의 하늘을

빙빙 돌며 납니다.

훈_量 3

몸과 별을 바꿔 타며

해–천–토–목–화–지–금–수

해왕성에서 지구까지 왔으니

더 다가가고야 말 것이다

또 바꾸고 바꿔 타며

비고

심장 펜으로
두근대는 글을 쓰자.

왼쪽 안주머니에서
바로 꺼내 들고

따뜻한 밥, 모닥불,
봄의 글을 쓰자.

곳곳을 밝히는
해돋이, 꽃의 글

함께 서는 발,
맞잡는 손의 글

들으며 맞장구치는
귀와 입의 글을 쓰자.

훈量

냄비 받침

저서랍시고 몇 권의 책을 냈다.
남도 받쳐 드리겠다며
알곡의 삶들을 빌려 모았으나
칼로 새기고 가죽끈으로 엮기에는
턱없이 무른 내 대쪽들이었다.
누구를 받치기는커녕
흩트리는 허영치레로도 여겨졌다.
자비만큼은 출판계 받침이 되었을까?
내가 좋아 보낸 어느 집에서는
냄비라도 잘 받쳐주고 있을까?

분기점을 지나며

내가 탄 군산행 전세버스가
휴게소를 나와 다시 달리고 있었다.

천안논산선으로 막 접어들었을 때
어, 저리 가네, 내가…
왼쪽 경부선, 같은 회사 버스!

놀랐던 내 머리에
살아온 고비고비가 떠오르며 물었다.

몸 따로 맘 따로의
연속일 뿐이지 않았느냐고

연날리기

방에 들어와 문을 닫으면
내 세상은 열리지만,
나는 가족을 잃고
가족은 나를 잃는다.
그래 그래야지 문을 열고
이들의 방해를 받으며
이들을 방해한다.
이들에게 줄 잡힌 연이거나
이들의 연줄 잡이가 되어
함께 하늘을 난다.

이응

입춘대길 건양다경, 입춘에 오르는 뒷산 산책길이다.

까치들도 봄이면 재글재글재글재글 말소리를 굴리나 보다.

책책책책 우지짖던 날카로운 모서리가 없어졌다.

눈얼음으로 아직 미끄러워 둘이 손잡고 걸으며 들어서였을까?

까치는 언제 이응 받침을 쓸까?

훈

하피

　옷장을 정리하다 혼례 때 입었던 예복 처리를 또 망설였다. 옷걸이에 걸었다가 서랍에 넣었다가 의류 수거함에 넣으려고 꺼내 놓았다가 다시 옷장에 넣으며 수의로 입을까를 생각해 보던 36년 된 양복이었다. 다산의 '하피첩霞帔帖' 하피처럼 글씨를 쓰거나 그림을 그리기에는 맞지 않아 아내에게 넘기며 처분을 맡겼다.

　그 얼마 뒤로는 아내에게서 언뜻언뜻 노을이 비치곤 했는데 그예 못 버린 예복 빛이 틀림없었다.

양파

그래, 양파도 마트료시카 인형이다.

여인이 자기 몸속에 아이들을 품고 있다.

큰아이 안에 작은아이, 작은아이 안에 작은작은아이…

이렇게 여러 아이들을 기르려니 매워질 수밖에 없겠다.

까는 이의 눈물까지 얻어 흘릴 만하겠다.

훈률

이팝꽃

여든여덟 번의 손길
여든여덟 번의 통증
여든여덟 번의 한숨
여든여덟 번의 기도

지난 가을부터에도
기어이 백 번을 채우고서야
천리 먼 우리 집 밥상에서
끼니마다 피어나는

칠순이 넘은
농부인 형수님의
삶꽃, 쌀밥꽃

지영이

딩동, 부리나케 열어준 대문 문턱을
넘어는 들어온 가장은
신도 안 벗고 현관에 떠억 서서 버틴다.
기분 나쁜 일로 취한 게 틀림없다.
이럴 때면 그의 딸 지영이는
아이고 우리 아빠 술이 좀 모자라시네
얼른 들어와 한잔 더 하세요
저랑 한잔 더 하세요 하면 그제서야
씨익 웃으며 브레이크를 풀고 걸음을 옮긴다.
처랑 딸이랑 여섯 발로
거드렁거드렁 거드렁거린다.

딩동, 대문이 열리고 흥얼흥얼
기분 좋게 한잔한 거로 보이면
아따 우리 아빠 술 아주 자알 하셨네
얼른 오세요
세상이 다 아빠 것 맞아요
아빠가 세계에서 젤로 멋져요 하면

훈훈

그렇지, 그래 그렇지 하면서
여섯 발로 덩실덩실 더덩실거린다.

기러기

    기러기 가족이 하늘을 난다. 찾아가고 구하고 먹고 쉬며 대를 이어가는 삶은 아름다워라! 저녁놀의 열창을 따라 기럭 기럭 기러러럭 노래도 부르며 한결같게 한 일(一) 자로, 사랑 사랑 사랑의 시옷(ㅅ) 자로 화락무를 추면서 날고 날아간다.

제4부

의자 둘

프란치스코 교황이
2014년 음성 꽃동네에서
평신도협 회장들을 만났을 때였다.

준비된 교황용 의자가
너무 크다며
그 옆 식탁 의자에 앉으셨다.

그래서 진천 배티성지 최양업박물관에는
교황용 의자와 실제로 앉았던 의자가
함께 전시돼 있다.

작고 평범한 의자는
전시대 위에 올려져 있고
크고 화사한 의자는
바닥에 놓여 있다.

천사 수녀

마리안느(1934~)와 마가렛(1935~) 수녀는
오스트리아 인스부르크 간호대학 동기이다.
자원봉사 자격으로 43, 39년간(1962, 1966~2005)
소록도 한센병 환자들을 맨손으로 치료하고
희생, 사랑, 봉사, 청빈을 실천했다.
사람대접을 해주었고
절망을 희망으로 바꾸어 주었다.
그리고도 올 때처럼 가방 하나 들고 몰래 떠났다.
짐이 되는 것도
칭찬도 피하기 위해서였다.

훈률

양을 말하다

착하면 선, 善, 羊言言
선은 양을 말하고 말하는 것이지

양은 뿔이 있어도 뿔나지 않지
몸도 주지만
하느님도 주지

그러면서
놓치고 밀리고 터지고 털리고 찍히고 뽑히고 곪고 곯고…

행 앞에 붙은 불도 못 끄고
능 앞에 자란 무도 못 뽑고
외 앞에 선 소도 못 쫓고
보 앞에 쳐진 바도 못 끊지

덕진련

전주성을 함락하고 조정과
화약을 맺은 동학농민군은
새 세상의 꽃이었다.
덕진공원 연꽃은
그때부터 피어났을 것이다.
꺾이고 짓밟히면서도
뿌리째 뽑히면서도
사람이 하늘이다
진흙이 하늘이다
흙물이 하늘이다
언제나 그때 그 모습으로
모이고 모여들어
피어나고 피어날 것이다.

훈률

아라 홍련

함안의 고려 연꽃 씨앗은
칠백 년을 꿈꾸다 깨어나 묻는다.

내 꽃대는 여전히
물과 바람 속 세상의 기둥인가?

내 꽃은 여전히
노을로 불콰한 하늘, 백성 얼굴인가?

내 잎은 여전히
햇빛 빛내는 초록 생명인가?

바리데기

1

오구대왕은 일곱째도 딸이어서 낳자마자
죽게 내다 버렸으나 용케 살아 떠돌던 그녀는
죽을병에 걸린 부왕의 명을 받아들여
약을 구하러 저승 서천서역국으로 간다.
아들까지 낳아주며 얻어 온
생명의 물과 꽃으로 병을 고쳐 드리고는
나눠 준다는 나라의 반도 사양하고
혈연, 신분, 나라, 생사 따위 모든 경계를 넘어
모두의 아픔과 슬픔을 풀어주며
극락왕생의 고통을 덜어주는 길을 간다.

2 (오구대왕가 답가)

당신은 저를 버렸지만
저는 누구나 구하지요.
당신은 저를 죽게 했지만
저는 누구나 살리지요.
당신은 저의 부모이지만

66

저는 모두의 자식이지요.
당신은 백성의 왕이지만
저는 모두가 왕이지요.
당신은 이승을 다스리지만
저는 저승까지 돌보지요.

남한산성

― 한명기의 『최명길 평전』을 읽고

살아서 지켜야 한다는
최명길이 쓴 항복 국서를
싸우다 죽어야 한다는
김상헌이 찢고 통곡하자
그 조각을 주워 맞추며
최명길은 말했다.

"찢는 사람이
없어서도 안 되지만,
주워 맞추는 사람도
반드시 있어야 한다."

훈蜚

반구대 암각화

사람은 짐승들을

그림으로도 잡는다.

그림 속에서도 잡는다.

그림 속에서 새끼를

밴 채로도 잡는다.

짐승이 새긴 사람은

어디에도 없다.

그들의 것들

내 끼니에는 그들의 먹지 못한 끼니가 들어 있다.

내 잠에는 그들의 자지 못한 잠이 들어 있다.

내 쉼에는 그들의 쉬지 못한 쉼이 들어 있다.

내 웃음에는 그들의 웃지 못한 웃음이 들어 있다.

내 안전에는 그들의 접하지 못한 안전이 들어 있다.

내 돈에는 그들의 받지 못한 돈이 들어 있다.

내 숨에는 그들의 쉬지 못한 숨이 들어 있다.

훈蒙

미제레레*
− 루오의 판화 *'불쌍히 여기소서'에 부쳐

숲 개발과 탄소 배출로 바쁘면서

소, 돼지, 닭… 육식을 즐기면서

비닐, 플라스틱 쓰레기를 쌓으면서

기후 위기에도 지구를 가열하다가

코로나19 만연만 모면하려 한다.

웃는 미사일

그날 아침 신문에는 사진 두 장이 나란히 실려 있었다.

웃는 얼굴 '스마일'이 그려진 미사일 탄두와
미사일 피격으로 관에 함께 든 엄마와 젖먹이의 모습

.

훈률

베트남 피에타

아가야 이리 온
널브러진 몸을 모아야
안고 안길 텐데
도려진 젖은 어디로 갔을까
안 맞는 퍼즐로도
울음 비명 피범벅의
악몽 없는 잠을
엄마랑 영영 자자꾸나
아가야 아가야

초록 기도

리투아니아 사울레이
'십자가 언덕'은
전사자 추모 성지였다.
갖가지 수많은 십자가와 함께
접시꽃이 활짝 피어 있었다.
'이 땅에 평화를'
그 초록 잎에 이렇게 쓰고
그 화엄을 손 모아 빌었다.

훈量

훈(暈)이 아름다운 이유

김상환 (시인·문학평론가)

훈燻이 아름다운 이유

김상환 (시인·문학평론가)

  (조르조 아감벤에 의하면,) 글을 쓴다는 것은 언어를 응시
한다는 것이다. 그 응시는 다름 아닌 눈—빛이며, 불이다. 모
든 글 모든 문학은 불의 상실에 대한 기억이다. 불과 주문呪文,
장소의 상실과 망각… 이런 태초의 신비가 사라지고 남은 것
이 문학이라면, 불과 글은 내적 친연성을 지닌다. 불과 혼, 마
음의 현상과 소리, 그리고 생명의 긍정에 백우선白佑善의 시가
있다. 그는 이름 그대로 더없이 순백하고, 선한 마음과 눈을
가지고 있다("착하면 선, 善, 羊言言/ 선은 양을 말하고 말하
는 것이지// 양은 뿔이 있어도 뿔나지 않지/ 몸도 주지만/ 하
느님도 주지// 그러면서/ 놓치고 밀리고 터지고 털리고 찍히
고 뽑히고 곪고 곯고……// 행 앞에 붙은 불도 못 끄고/ 능 앞
에 자란 무도 못 뽑고/ 외 앞에 선 소도 못 쫓고/ 보 앞에 쳐

진 바도 못 끊지", 「양을 말하다」). 그의 시는 해를 향해 있다. 기쁨과 예지는 물론 사랑의 목소리를 담고 있다. 언어의 부싯돌로 살려낸 그의 글은 참으로 따스하고 정감이 있으며, 고통과 슬픔으로부터 우리를 위무한다. 이번 시집『훈暈』은 표제시 '훈'을 비롯해 49편을 수록하고 있으며 서정적 단시의 형태를 취하고 있다. 그의 시에 나타난 내면의 심리와 공간을 읽고 사이에 대한 사유와 상상을 즐기다 보면 어느새 그만의 언어와 매력에 사로잡히게 된다. 훈暈은 다른 불이다. 그것은 정오의 태양이 아니라 해나 달 주위를 두른, 둥근 테 모양의 빛이다. 선염渲染과도 같은 훈은 물감의 번짐 효과를 나타내기도 하고, 더러는 악기인 훈塤을 연상하게도 된다. 표제시 「훈暈」을 보자.

알든 모르든 받아주든 물리든 천 리 밖이든…

해에겐 듯 달에겐 듯

내 혼은 그의

훈暈

— 「훈暈」 전문

훈暈

「훈燻」은 연작시 가운데 하나로서 고작 4행에 지나지 않는다. 이 시가 발하는 불은, 빛은 지상이 아닌 천상의 해와 달에게까지 파급되어 있다. 여기에는 40행, 400행의 시에서도 경험하기 어려운 폭과 깊이가 있다. 시인의 사고와 행동, 내면과 영혼을 특징적으로 드러내는 훈은 '그'의 무의식이며, 혼의 다른 이름이다("내 혼은 그의// 훈燻"). 훈과 혼은 빛과 그림자의 사이로서 어둠이라는 빛이다. 해가 아니라 햇무리, 달이 아니라 달무리는 낮빛과는 달리 아우라aura가 있다. 그것은 원형성圓形性을 지니며 사랑의 감정을 수반한다. 그에 대한 나의 사랑은 "알든 모르든 받아주든 물리든 천 리 밖이든…" 만 리 밖이든 포기할 수 없고, 딴은 쉽사리 다가설 수도 없다. 척애隻愛이고 편련偏戀/片戀이다. 사랑이 관계가 아니라 진리라면, 그 진리는 알-수-없는 것의 지점에 존재하며, 일종의 현기玄機로서 현묘한 기틀이다. 십현담의 비比에도 불시추화불시감(不是秋花不是紺: 이는 가을꽃도 아니며 감색도 아니다)이라 하여 알 수 없고 말할 수 없는 경계의 영역이다. 그런가 하면, 흙을 구워서 만든 기원전의 악기, 훈壎에는 혼과 구멍이 만들어내는 바람의 소리가 있다. 「훈燻」 연작을 더 보기로 하자.

그의 화살로 내가

몰래 쏘고 쏜 과녁인 나는

고슴도치

전신 심장의 화살투성이

그 끝끝의 깃털로

그의 하늘을

빙빙 돌며 납니다.

-「훈暈 2」 전문

앞의 시와 관련해 볼 때, 그가 해와 달이라면 나는 그의 그림자이자 배경인 훈暈이다. 하여 그에 대한 나의 외로 된 사랑은 "그의 하늘을" 그저 맴돌고 맴돌 따름이다. 나는 고슴도치, 그것도 온몸이 사랑의 화살로 박혀 있는 고슴도치. 화살의 끝에 매달린 깃털로, 날개로 나는 허공을 난다. 그러나 활시위를 가슴까지 당길 때 내 가슴에서 나오는 것들은 결국 나에 대한 사랑이다. 그는 나의 타자이면서 내 안에 존재하는 참된 자아로서 에로스다. 이 경우 "에로스란 생명을 보존하려는 모든 본능을 의미하며, 정신과 육체를 보존하고 보호하려는 승화된 추진력과 충동을 말한다. 그런 점에서 시는 사랑의 운동이고 모험이며 발명이다."(김행숙, 『에로스와 아우라』). 이 시에서 훈─빛에 대한 나의 사랑이 일방적이라면, 아우라의 상실에 직면한 오늘날 우리들에게 사랑의 빛과 영혼, 상상과 에너지, 분위기란 현대시가 새롭게 경험해야 할 장이 아닐 수 없다. 그리고 "전신 심장의 화살투성이"에서 보듯이, 시와 사랑에 대한 시인의 태도는 극적인 데가 있다. 이는 "온몸에 의한 온몸의 이행이 사랑이고 시의 형식"이라는 김수영의 말에서도 찾아진다. 백우선 시인에게 글쓰기는 손끝이 아니라 심장에서 비롯된다. 그 온기와 힘으로 시인은 밝고 아름다운 "꽃의 글"을 쓰고, 손과 발, 귀와 입 등 모든 신체 기관을 매개로 한 공감의 글을 쓴다("심장 펜으로/ 두근대는 글을 쓰자.// 왼쪽 안주머니에서/ 바로 꺼내 들고// 따뜻한 밥, 모닥불,/ 봄의 글을 쓰자.// 곳곳을 밝히는/ 해돋이, 꽃의 글// 함께 서는 발,/ 맞잡는 손의 글// 들으며 맞장구치는/ 귀와 입의 글을 쓰자.", 「비고」). 불과 꽃과 글은 결국 시의 다른 이름이다. 다음의 경우는 어떤가.

어려서 지피던 가마솥 아궁이는 그 꽃불을 지금도 이렇
게 펼쳐 보이는가!

봄 산에 흐드러진 진달래꽃

덩실 더덩실 그루그루 살구꽃

활활 타는 노을

휘두른 가을 산의 무지개 비단

– 「꽃불」 전문

이 시에서 아궁이와 꽃, 노을은 모두 불의 이미지를 지닌
다. 그 불은 시간에 대한 기억, 완상玩賞과 놀이, 열정의 의미
를 갖고 있다. 봄과 가을 산의 불이 펼침−확산에 해당한다
면, 아궁이의 불은 접힘−수렴으로 볼 수 있다. 이런 대비적
국면은 글쓰기의 경우 닫힘과 열림의 측면으로서 전자가 세
계와 외부를, 후자는 자아와 내면을 표상한다. 문제는 불꽃
이 아니라 꽃불이다. 관조와 기억으로서 아궁이의 불은 꽃
의 형상을 지니며, 꽃으로 노을로 무지개 비단으로 아름답

게 수놓아져 있다. 꽃 피는 봄, 혹은 물든 가을 산을 바라보면 시인의 마음속에 존재하는 아궁이는 하나의 구멍으로 자리한다. 무無가 지피고 피워내는 꽃과 불이란, 신명이란? 다른 시 「모과나무 모과」("얼룩덜룩// 온몸 흉터투성이-,// 상처로 알알이// 빚고 켜서 매단// 혼불 향등")에서 모과나무는 온몸이 성한 데가 없다. 그러나 그럼에도 불구하고, 상처를 보듬고 빚어서 마침내 혼-불로 승화시키는 모과. 향기로운 등불로서 그것은 향도 향이지만 연한 홍색의 꽃이 더없이 아름답고 수피에 흰 무늬가 들어 있어 오가는 이의 시선을 유혹한다. 외양만 보고 드높은 향기를 놓쳐 버린 이에게 모과나무의 모과는 하나의 경이다. 경經이다. 한편, 백우선에게 불은 욕망을 드러낸다. 그 욕망을 정화시키는 것은 물이다. 갠지스강, 그 곁을 지나는 소가 갑자기 "짝짓기를 시도한다. 불똥이 소한테로 튄" 것이다("강으로 흐르고 하늘에 오르려// 갠지스 강변 향나무 불길에// 강물로 정화한 몸을 맡긴다.// 곁을 어슬렁거리던 소 한 쌍// 불끈 짝짓기를 시도한다.// 불똥이 소한테로 튄 듯했다.", 「불똥」). 여기서 특히 결말 부분은 성-속의 대비이며 일종의 언롱言弄이다. 이 경우 소는 곧 자아의 다른 명명이며, 사랑과 욕망의 불똥은 또 어디로 누구에게 튈지 모른다. 불은 꽃이자 물이며 또한 옷빛이다.

옷장을 정리하다 혼례 때 입었던 예복 처리를 또 망설
였다. 옷걸이에 걸었다가 서랍에 넣었다가 의류 수거함에
넣으려고 꺼내 놓았다가 다시 옷장에 넣으며 수의로 입을
까를 생각해보던 36년 된 양복이었다. 다산의 '하피첩霞帔帖'
하피처럼 글씨를 쓰거나 그림을 그리기에는 맞지 않아 아
내에게 넘기며 처분을 맡겼다.

그 얼마 뒤로는 아내에게서 언뜻언뜻 노을이 비치곤 했
는데 그예 못 버린 예복 빛이 틀림없었다.

─「하피」 전문

오래된 일기 같은 느낌의 이 시는 옷에 얽힌 그리움과 슬
픔이 배어 있다. 그 옷은 젊은 시절의 결혼 예복이다. 옷장을
정리하면서 발견한 옷은 삼십 년도 더 된 터라 처리가 문제였
다. 옷걸이와 서랍, 의류 수거함과 수의 등의 용도를 망설이
다 다산의 서첩인 하피霞帔를 생각해 낸다. 하피는 옛날 예복
禮服의 하나로서 붉은 노을빛 치마를 말한다. 흑단黑緞으로 겉
감을 삼고, 홍초紅綃로 안을 하는 그것은 운하雲霞와 적문翟文
이 그려져 있다. 하나 그럴 재간이 없어 시인은 아내에게 처
분을 맡긴다. 아내는 노을빛이다. 하루해가 저무는 노을엔

　　　　　　　　　　　　　　　　　훈章

말할 수 없는 생의 아름다움과 슬픔이 어려 있다. 그것은 버릴 수 없는 옷빛이다. "슬픔이란 날과 기쁨이란 씨로 목숨이란 한 필 베를 짜듯이 모든 것은 변하는 데서 아름다움이 나오고 목숨이 나오"(이상화, 「心境一枚」)는 법. 아내의 얼굴은 만감이 교차하는 노을—빛의 순간. 사랑은 옷의, 수繡의 비밀이다. 하피에 새겨진 글과 그림이다. 이번엔 낙지의 글이다.

　　머리에 든 먹물은

　　삶아도 쉽게 굳지 않는다.

　　붓 삼아 찍어 쓸

　　손발가락이 토막토막 잘려

　　입속으로 사라져도

　　먹물은 붓을 기다린다.

　　일 초라도 더 버틴다.

　　먹이 아니라

　　먹이가 되고 말더라도

　　글이 되고 싶은 것은 이런

　　매운 구석이 있다.

－「낙지」 전문

문어는 흔히 사람처럼 머릿속에 먹물깨나 들었다고 해서 붙여진 이름이다. 이 시에서 제재로 삼고 있는 낙지는 문어의 한 갈래이다. 낙지의 중추는 먹물이 든 머리에 있다. 오래 삶았어도 "머리에 든 먹물"은 쉽사리 응고되지 않고, 심지어는 "손발가락이 토막토막 잘려" 나가고 사람들에게 먹이가 되는 동안에도 애써 "붓을 기다리며" 액체 상태를 유지한다. 글이 되고 싶은 까닭이다. 먹은 침묵의 물이며 검은 빛으로서, 죽음이라는 생명이다. 낙지는 그 옛날 하도와 낙서의 '낙서洛書', 즉 태극과 팔괘의 효시가 되는 그림이며, 처음의 글이다. 그리고 동시의 분위기가 물씬 풍기는 시 「이응」("입춘대길 건양다경, 입춘에 오르는 뒷산 산책길이다.// 까치들도 봄이면 재글재글재글재글 말소리를 굴리나 보다.// 책책책책 우지짖던 날카로운 모서리가 없어졌다.// 눈얼음으로 아직 미끄러워 둘이 손잡고 걸으며 들어서였을까?// 까치는 언제 이응 받침을 쓸까?")은 음성상징어의 효율적인 운용이 잘 드러나 있다. 산책길에서 만난 까치 소리가 바로 그것. 모음과 유성음에서 보듯이 자연에는, 봄에는 "모서리가 없"다. 이응은 모음 앞에 쓰일 때와 받침에 쓰일 때가 다르다. "있는 듯 없는 소리"로서 이응은 불교에서 말하는 "공즉시색 색즉시공"(조현용, 『한글의 감정』)이 연상되는 음운이다. 까치는, 우리는 "언제(쯤) 이응 받침을 쓸까?" 또한 「신

훈_訓

발」("신발은 신의 발/ 신는 이의 발은 누구나/ 신의 발/ 머리로만이 아닌/ 가슴으로만이 아닌/ 몸소 찾아가는 발이므로/ 신발은/ 응당 신의 발")의 경우에 있어서도 말에 대한 감각이 돋보인다. 신발은 더 이상 걷기 위한 도구가 아니라, 신의 발이다. 그것도 전지전능한 신의 발이 아닌 보편적인 신—발이다("신는 이의 발은 누구나/ 신의 발"). 그 발은 머리가 아닌 가슴, 가슴이 아닌 "몸소 찾아가는 발"로서 "응당"의 발이다. 또한 그의 시에는 고통과 희망의 삶이 가로놓여 있다.

바닥이 되면서 나아간다.
흙, 바위, 풀잎… 무엇이든
깊이 만나며 간다.
털도 뼈도 독도 없다.
몸도 목숨도 무방비다.
어떻게 얼마나 살까는
다 지나온 길—
이 천지, 저 새와 짐승들이
다 웃이고 자기라며
눈먼 더듬이춤 추면서

일보일배를 넘어

전신투지로 살아간다.

– 「민달팽이」 전문

　민달팽이는 바닥이다. 대지의 깊이이자 심연이다. "바닥이
되"어 나아가는 그것은, "털도 뼈도 독도 없"으며 몸을 감싸
는 껍데기마저 없다. 비 오는 날이거나, 맑은 날 낮에 돌 밑
이나 흙 속에 숨어 지내다 밤이면 움직이는 그것은, 딱히 집
이라곤 없어 길 위에 있는 모든 것이 집이다. 천지간 새와
짐승들이 모두 옷이고 모두 자기다. 무소의 뿔처럼 혼자서
가는 민달팽이는 더듬이 춤을 추어서라도 예의 길을 간다.
한 걸음 한 걸음 내디디며 전신투지로 살아가는 민달팽이는
성자에 다름 아니다. 고통이 기쁨이 되는 삶, 길이 곧 집이
되는 민달팽이는 얼마나 비루하며 또 얼마나 드높은가. 대
지의 표면에 달라붙어 지하와 지상을 잇고, 다시 천상으로
향하는 민달팽이의 뿔은 고통의 승화된 국면을 말한다. 범
종도 이와 다르지 않다.

종은 운다.

울 길밖에 없는

금 간 가슴팍

말라붙은 울음을

엉엉 울어준다.

그 울음 덩어리

벌건 아침 해의

속눈썹 빛살로

짓무른 눈가도

토닥여 준다.

– 「범종」 전문

에서 보듯이, 「범종」은 울음이 울림으로 화하는 시다. 법구 사물(범종·법고·운판·목어) 중의 하나로서 중생을 제도하는 범종은 "울음 덩어리"이며, 울음 그 자체다. 그 울음의 울음으로 "아침 해의/ 속눈썹 빛살"이 반짝이고, 특히 지옥에 있는 고통의 중생들을 위해 울리는 범종은 두 개의 당좌 撞座가 연꽃무늬로 있는 그곳을 치게 된다. 무릇 종소리에는 듣는 자로 하여금 듣는 자의 마음을 맑게 하는 힘이 있다. 그리고 울음 뒤의 웃음이다.

석공이 웃고 웃어

바위가 따라 웃자

둘은 서로 웃음을 다듬었다.

해, 달, 별, 바람, 눈비,

새, 곰, 꽃도 같이

모두의 웃음,

웃음 중의 웃음을 웃으려고

다듬고 다듬었다.

누구든 무엇이든

언제 어디서든 어떻든

꽃의 꽃으로 웃자며

지금도 웃음을 다듬는다.

– 「서산 마애불」 전문

이 시는 백제의 미소, 서산 마애불을 특징적으로 노래하
고 있다. 누구든 그를 마주하는 순간 분노와 화를 거두게
된다. 마애불(마애여래삼존상)은 "웃음 중의 웃음"이다. 석
공이 다듬은 것은 돌이 아니라 웃음이다. 돌의 웃음이 석공
의 웃음이 되면서 온갖 자연과 사물들("해·달·별·바람·눈비·
새·곰·꽃")도 함께 웃는다. 마애불은 이제 "꽃(중)의 꽃"으로

여전히 좋은 웃음을 드러내 보인다. 이 시에서도 불상의 웃음은 불상 이전에 곧 인간의 웃음이다. 슬픔에 의해서도 우리는 진실에 도달할 수 있고 기쁨에 의해서도 마찬가지이지만, 시와 삶에 대한 백우선의 태도는 다분히 후자에 있다. 희극적 진실은 인용 시에서 보듯이 웃음이 그 관건이다. 「무릎 위 웃는 얼굴」이나 「우리 이웃―창령사 오백나한」도 이와 다르지 않다. 그중 「우리 이웃―창령사 오백나한」("웃는 분 보며/ 우리도 웃는다/ 그냥 웃는다/ 그래도 웃는다// 그래요 그래요/ 그분들도 우리와 함께/ 한숨을 쉰다/ 눈가를 적신다/ 미간을 찌푸린다/ 어금니를 악문다")을 보면, 웃음에는 딱히 이유가 없다. "그냥 웃는", "그래도 웃는" 것이다. 불제자 중에서 번뇌를 끊어 인간과 하늘 중생들로부터 공양을 받을 만한 덕을 갖춘 사람을 '나한羅漢'이라 일컫는다면, 그도 우리와 함께 웃고 한숨 쉬며 눈물을 흘린다. 더러는 "미간을 찌푸"리며 "어금니를 악"물기도 한다. 그는 영락없는 우리의 이웃이다. 웃음은 노래다. 공동선共同善이다.

몽골 대초원에서는

웃는 풀로 날거나 걷는

전생, 후생들과 속삭이며

그들의 목소리로 노래하는가!

마두금도 한 줄이 아니듯

노랫소리로나마

어딘가의 그,

하늘의 그와도 함께하는가!

– 「흐미」 전문

　알타이산맥에서 기원한 '흐미khoomei'는 성대와 기도를 이용한 몽골 특유의 전통 창법이다. 배음 노래라고도 하는 그것은 목소리의 현상이며 사이 소리다. 그런 노래가 울려 퍼지는 몽골 초원에는 풀이 바람에 웃고, 전생이 후생과 이어져 있다. 걸림이 없는 대평원에 노래가 있다. 그 머릉 호르Мори н хуур, 즉 마두금馬頭琴도 외줄은 아니다. 두 줄로서 천지가 함께하는 마두금에는 새끼 낙타를 거부하는 어미에게도 마침내 새끼를 품게 하는 비밀이 있다. 그러나 (노래) 소리는 어디에 있는가? 소동파의 「琴詩」("若言琴上有琴聲/ 放在匣中何不鳴/ 若言聲在指頭上/ 何不於君指上聽, 만약 거문고 속에 소리가 있다면/ 갑 속에 두었을 때에는 왜 안 울리나/ 만약 그 소리가 손가락 끝에 있다면/ 그대의 손끝에서는 왜 안 울리나")에서 보면, 소리는 더 이상 악기에 있지 않고 사

훈률

물과 마음이 만나는 사이 공간에 있다. 현絃은 현玄이다. 몽골을 노래한 이 시는 지리상의 문제가 아닌, 마음의 현상(학)이다. 흐미는 내 마음의 꽃. 시와 예술의 관계는 다음 시편에도 이어진다.

사람은 짐승들을

그림으로도 잡는다.

그림 속에서도 잡는다.

그림 속에서 새끼를

밴 채로도 잡는다.

짐승이 새긴 사람은

어디에도 없다.

　　　　　　　　　　　　　　　－「반구대 암각화」 전문

이 시는 예술–암각을 소재로 한 작품이다. 고래사냥과 관

런한 바위 그림으로서 그 옛날 석기 시대로 거슬러 올라간
다. 태고의 시간과 시간의 초월은 '아라 홍련'("함안의 고려
연꽃 씨앗은/ 칠백 년을 꿈꾸다 깨어나 묻는다.// 내 꽃대
는 여전히/ 물과 바람 속 세상의 기둥인가?// 내 꽃은 여전
히/ 노을로 불콰한 하늘, 백성 얼굴인가?// 내 잎은 여전히/
햇빛 빛내는 초록 생명인가?", 「아라 홍련」)에서도 발견된다.
아라 홍련이 고려 시대로 소급된다면, 인용 시의 '반구대 암
각화'는 이보다 훨씬 이전의 일이다. 바다 동물을 사냥하는
모습, 동심원同心圓의 기하무늬 같은 모습은 이채를 띤다. 시
에서 사람들은 짐승을 작살로 잡지 않고 "그림으로" 잡는
다. "그림 속에서" 잡고, 그것도 "새끼를/ 밴 채로" 잡는다.
고대인들의 간절한 소망이랄까, 어질지 못한 심성이랄까…
문제는 그 "짐승이 새긴 사람은/ 어디에도 없다"는 사실. 이
런 무無와 부재의 감수성은 시의 깊이를 더한다. 이외에도
「로르」("마네의 모델명인 '올랭피아'가 1865년 살롱전에 전시
되자 파리 화단은 발칵 뒤집혔다. 신화나 전설 속 여인이 아
니라 창녀의 누드여서였다. 2019년에는 흑인 여인명 '로르'로
오르세미술관 '흑인 모델'전에 내걸려 들러리였던 로르가 꽃
다발을 받은 주인공이 되었다. 그리고 '검은 고양이'로 '반려
묘'전에 걸린다면, 사람이 꽃다발을 주인공 고양이에게 주려
는 그림이 되고; 어느 '물품'전에라면, 그 제목은 '침대', '목걸

94   훈薰

이', '팔찌', '슬리퍼', '옷', '꽃다발' 등이 되어 모두 주인공이 돼 볼 것이다.")의 경우, 〈풀밭 위의 점심식사〉의 화가 마네에게 〈올랭피아〉는 매춘부를 그린 누드화로 매우 파격적이다. 작금에는 흑인 피사체를 중심으로 전시회가 열려 주인공 로르가 새삼 주목을 받기도 한다. 예지가 느껴지는 검은 고양이가 아니라 반려묘, 소박한 가구나 "슬리퍼"도 그림의 주인공이 될 수 있다. 그런 점에서 마네는 현대 미술의 감각과 사유를 선취한 셈이다. 일상과 무위, 보편성의 시학은 백우선의 새로운 시작 태도와 미의식의 일단을 보여 준다. 예술에 품격을 부여하는 것은 결코 개성적이거나 인위적인 것만은 아니다. 훈의 시인 백우선은 인간과 자연, 생명적인 것을 지향한다. 또한 마음의 현상을 직관하는 그의 짧은 시 긴 울림은 점점이 퍼져가는 파문波文과도 같다. 빛과 그림자의 차연이 생성해 낸 흔적, 그리고 삶의 기술로서 그의 시는 언제나 공동체의 선을 우위에 두며 사랑과 삶을 앞세운다. 시의 참된 가치와 위의란 것도 기실은 거기에 있지 않을까. 훈이 아름다운 것은 그 빛과 소리, 시혼과 음영에 있다.